Analyse d'œuvre

Rédigé par Tina Van Roeyen

Sous la direction de Karine Vallet

Pierre et Jean

de Guy de Maupassant

Profil
Littéraire

GUY DE MAUPASSANT

- Né le 5 août 1850 à Tourville-sur-Arques (Normandie, France)
- Mort le 6 juillet 1893 à Paris
- **Quelques-unes de ses œuvres :**
  - *Boule de suif* (nouvelle, 1880)
  - *Bel-Ami* (roman, 1885)
  - *Le Horla* (nouvelle, 1887)

Guy de Maupassant est un célèbre écrivain français du XIXe siècle. Né en 1850, il est très tôt encouragé dans ses écrits par Gustave Flaubert (romancier français, 1821-1880), ami d'enfance de sa mère. Maupassant hérite du souci de réalisme de son mentor, ainsi que de ses fines analyses psychologiques.

Explorant tour à tour le genre du conte, de la nouvelle ou du roman, il s'impose comme un « illusionniste », ainsi qu'il se qualifie lui-même, en peignant la société dans toute sa diversité (monde paysan, petite et haute bourgeoisie) avec une authenticité qui fait parfois écho à celle d'Émile Zola (1840-1902), auteur contemporain et chef de file du naturalisme.

Pourtant, l'originalité littéraire de Maupassant ne se cantonne pas à cette voie. L'écrivain sait aussi en prendre le contre-pied en faisant affleurer, au cœur de certains récits, l'angoisse humaine née de l'incompréhension ou de la folie qui tend à faire basculer le réalisme dans son exact contraire, le fantastique. À moins qu'il ne s'agisse, comme dans *Le Horla,* d'un hyperréalisme donnant à voir la psychologie profonde de l'être humain et la démence dans laquelle il peut sombrer.

PIERRE ET JEAN

- **Genre :** roman d'analyse
- **1ʳᵉ édition :** 1888
- **Édition de référence :** *Pierre et Jean*, Paris, Le Livre de Poche, 1991
- **Personnages principaux :**
  - Pierre Roland : médecin de profession âgé d'une trentaine d'années, Pierre est le fils aîné des Roland. Il est indécis, rêveur et rancunier. C'est son investigation qui va faire avancer l'action du récit.
  - Jean Roland : fils cadet des Roland, Jean, 25 ans, vient de finir ses études en droit. Gentil et doux, il est le contraire de son frère, tant physiquement que moralement.
  - Louise Roland : petite-bourgeoise parisienne de 48 ans, commerçante dans la boutique de son époux, Louise est la mère de famille et la femme inassouvie de Gérôme Roland. Son bovarysme (état d'insatisfaction) l'a poussée dans les bras de Léon Maréchal, avec lequel elle a eu un enfant illégitime.
  - Gérôme Roland, dit « le père Roland » : époux de Louise et père présumé de Pierre et de Jean, le père Roland est un petit bijoutier retraité qui s'installe au Havre (Normandie) par amour de la mer. Naïf et dupe, il mène une existence tranquille, son seul souci étant d'assurer une bonne situation à ses enfants, ainsi qu'un niveau de vie conforme à ses aspirations.
  - Mᵐᵉ Rosémilly : riche et jolie veuve de 23 ans, voisine de la famille.

- ◦ Léon Maréchal : riche Parisien, ancien ami des Roland et père biologique de Jean, il laisse toute sa fortune à son fils, ce qui déclenche l'histoire du roman.
- **Thématiques principales :** famille, amour filial, ambition sociale, société, désir d'évasion

Pierre et Jean est l'histoire d'une crise familiale qui perturbe sans préavis la vie des Roland, petits-bourgeois parisiens installés au Havre.

Tout va pour le mieux pour ces commerçants retraités qui mènent une vie tranquille, ponctuée de parties de campagne ou de promenades en mer en compagnie de leurs deux fils qui cherchent à s'établir depuis la fin de leurs études. Pourtant, un événement inattendu va bouleverser leur paisible quotidien : un héritage est entièrement et exclusivement légué au cadet, Jean Roland, par un vieil ami de la famille.

L'aîné de la famille, Pierre Roland, dans un premier temps jaloux, devient de plus en plus tourmenté par une seule et même question : pourquoi Jean est-il le seul bénéficiaire ? Il se donne dès lors pour mission d'investiguer au sujet du passé de ses parents.

Lorsqu'il découvre que son frère est un enfant illégitime, ce secret maternel lui rend la vie tellement insupportable qu'il décide de s'exiler volontairement, pendant que son frère profite d'une ascension sociale vertigineuse, tant sur le plan privé que professionnel.

Pierre et Jean se présente donc comme un roman à mi-chemin entre l'intrigue policière et la tragédie, qui entre-croise énigmes familiales, enquête et déclin du personnage principal.

LA VIE DE GUY DE MAUPASSANT

Guy de Maupassant par Nadar, en 1888.

ENFANCE ET ADOLESCENCE : ENTRE MER ET MÈRE

Guy de Maupassant naît le 5 août 1850 en Normandie. Suite à la séparation d'avec son mari, sa mère, Laure Le Poittevin, décide de s'installer à Étretat avec ses deux fils, Guy et Hervé. Souffrant de troubles nerveux, celle-ci est néanmoins une femme particulièrement lettrée pour son temps. Enfant, son compagnon de jeux n'était autre que Gustave Flaubert, le père de Laure étant le parrain du célèbre écrivain. Le jeune Maupassant connaît donc une enfance heureuse, entre livres, mère, campagne normande, mer et univers paysan.

À 13 ans, Guy est placé au séminaire d'Yvetot (Normandie), mais s'y fait chasser pour son rationalisme et son insubordination. Il termine son éducation au Collège impérial de Rouen où, en bon élève nourrissant une prédilection pour les lettres, il versifie et s'adonne au théâtre, mais aussi se lie d'amitié avec Louis Bouilhet (poète français, 1822-1869).

VIE PARISIENNE

À 20 ans, une fois son baccalauréat obtenu, Maupassant s'engage dans la guerre franco-allemande (1870-1871) et participe à la débâcle française, épisodes dont il gardera en mémoire des images qui alimenteront quelques-uns de ses récits.

Après la guerre, il échange définitivement sa Normandie natale contre Paris où, pour gagner sa vie, il travaille comme commis, d'abord à la Direction des colonies au ministère de la Marine, puis au ministère de l'Instruction publique. Cependant, bien que content d'avoir enfin un travail rémunéré qui lui assure une certaine stabilité, le fonctionnaire « prend conscience de la médiocrité asphyxiante où il baigne du matin au soir. Lui, l'homme de l'espace, du soleil, des flots déchaînés, le voici enfermé entre des murailles de cartons verts, parmi des compagnons misérables » (TROYAT (Henri), *Maupassant*, Paris, Flammarion, 1989, p. 40).

Ce qui le « sauve », c'est la fréquentation des guinguettes, sa passion pour la chasse, ainsi que le canotage sur la Seine le dimanche, toujours en bonne compagnie. Hélas, c'est à cette époque que la santé de ce bel athlète, bon vivant de surcroît, commence à se détériorer lorsqu'il contracte la syphilis. Dès lors, il entame sa première cure d'eau.

DÉBUTS LITTÉRAIRES

À côté de sa vie de petit fonctionnaire, Maupassant s'exerce à la littérature. Ses fréquentations sont impressionnantes : parmi ses amis, on compte Ivan Tourgueniev (romancier russe, 1818-1883), Émile Zola et Stéphane Mallarmé (poète français, 1842-1898). Pourtant, son grand mentor littéraire reste Gustave Flaubert, qui ne manque pas d'encourager le jeune homme « à observer la réalité avec des yeux neufs, lui impose des exercices de style et lui fait des "remarques de pion" » (LAGARDE (André) et MICHARD (Laurent), *XIXe siècle*, Paris, Bordas, 1991, p. 492).

Maupassant se met alors à écrire des articles, des romans, des contes et des nouvelles. C'est avec *Boule de suif*, nouvelle parue dans le recueil collectif des naturalistes *Les Soirées de*

Médan (1880), qu'il dénonce l'hypocrisie humaine, surtout celle des bourgeois, et qu'il s'impose en maître incontesté de ce genre littéraire.

LES ANNÉES 1880-1890

Survient une décennie mouvementée pour Maupassant, ponctuée de crises, d'écrits et de voyages, tant en Europe qu'en Méditerranée. Le succès de *Boule de suif* coïncide en effet avec la mort de son père spirituel, Flaubert. Désormais « orphelin », célèbre et pouvant vivre de sa plume, il quitte sa vie de bureaucrate et publie, coup sur coup, six romans, presque 300 nouvelles et des récits de voyage.

Il songe néanmoins déjà au suicide, à cause d'une cécité temporaire due aux médicaments et aux drogues dont il abuse dans l'espoir d'apaiser ses inquiétudes. Ses troubles s'aggravent progressivement : « Je deviens fou », écrira-t-il en 1888 à son médecin.

UN PESSIMISTE LÉGENDAIRE

Maupassant est connu pour son pessimisme : il ne croit en rien – ni en Dieu, ni au progrès, ni même en l'amitié. Il a également eu trois enfants naturels qu'il n'a jamais reconnus. Selon les historiens littéraires Lagarde et Michard, cette vision est due à sa « lucidité d'écrivain » (LAGARDE (André) et MICHARD (Laurent), *XIXe siècle, ibid.*, p. 493), qui évolue toutefois avec la progression de sa maladie. Plus celle-ci se développe, moins Maupassant devient sarcastique et âpre :

« Du jour où l'écrivain ressent les atteintes de son mal, son

ENTRE LA FOLIE ET LA MORT

Pour combler ses besoins de fuite et de solitude, Guy de Maupassant se fait construire une jolie villa à Étretat et s'achète des yachts, symboles de liberté. Étant génétiquement prédisposé aux troubles mentaux, Maupassant est rapidement sujet aux hallucinations et aux angoisses. Sa hantise de la mort est renforcée par un mode de vie mondain et intensif, composé de femmes, de paradis artificiels, d'activité intellectuelle frénétique ainsi que de déplacements incessants. En 1889, son petit frère, Hervé, meurt fou. Guy commence alors à rédiger des romans qu'il n'achèvera jamais.

Dans la nuit du 1er au 2 janvier 1892, il essaie de mettre fin à ses jours. Suite à cette tentative de suicide manquée, Maupassant est interné dans la clinique psychiatrique du docteur Blanche (psychiatre français, 1796-1852). Il y restera – sans avoir retrouvé la lucidité – jusqu'à ce qu'il meure prématurément, le 6 juillet 1893, de paralysie générale.

Bien que certains de ses contemporains, à l'instar d'Octave Mirbeau (écrivain français, 1848-1917) ou d'Edmond de Goncourt (écrivain français, 1822-1896), n'aient vu en Maupassant qu'un concurrent – et de taille ! – à évincer, on gardera de lui l'image d'un homme de lettres qui « [...] a subjugué les foules par la véracité féroce de ses récits et la richesse chatoyante de son style. Et cette œuvre immense a été conçue en quelque dix ans, alors que l'auteur menait une existence trépidante, partagée entre les femmes, le bateau, les voyages et la lutte quotidienne contre la maladie » (TROYAT (Henri), *Maupassant, ibid.*, p. 266).

RÉSUMÉ DE *PIERRE ET JEAN*

UNE PETITE VIE BIEN TRANQUILLE

Dans la ville maritime du Havre vivent paisiblement le père Roland et sa femme Louise, des bijoutiers parisiens retraités. Leur quotidien est agrémenté de promenades en mer et de parties de pêche avec des amis, dont la jeune veuve Mme Rosémilly et le capitaine Beausire. Le père Roland fume des cigares, tandis que Mme Roland – en bonne petite-bourgeoise – n'a d'autres responsabilités que de tenir sa maison et de veiller sur le bien-être de ses deux fils.

En effet, le cadet Jean, « blond et sage » et l'aîné Pierre, « noir et emporté » (quatrième de couverture), viennent de terminer leurs études, respectivement en droit et en médecine. Par conséquent, le seul souci des Roland consiste à bien placer leurs fils, afin de leur assurer un avenir professionnel en adéquation avec leur situation sociale.

UNE NOUVELLE INATTENDUE

Un jour, au retour d'une escapade en mer, la famille apprend par un notaire que Jean est le seul bénéficiaire du défunt Léon Maréchal, ancien ami des Roland du temps de leur vie parisienne.

L'accueil de cette nouvelle est mitigé : d'une part, on n'ose pas afficher sa joie ; d'autre part, on est triste d'avoir perdu un ami. Avant de se réjouir pour Jean, le père Roland prend toutefois soin de s'assurer que la situation est « très nette »

(p. 58), sans conditions ou difficultés possibles. C'est lui qui a l'air le plus enchanté de cette manne tombée du ciel, alors que sa femme semble davantage « partie en ses souvenirs » (p. 61).

UN HÉRITAGE POUR LE MOINS ÉNIGMATIQUE

Le lendemain, Jean accepte officiellement le legs. À partir de cet instant, sa vie s'accélère, tant sur le plan professionnel que privé : il s'apprête à ouvrir sa propre étude et demande Mme Rosémilly, la riche veuve, en mariage.

Mais si le jeune homme voit son avenir sous un jour favorable, il n'en est pas de même pour son frère. À l'origine plus introverti, plus indécis aussi et plus pensif, Pierre fait montre d'une certaine jalousie envers son frère avant de se tourmenter : pourquoi Jean est-il le seul à avoir eu droit à l'héritage, si Maréchal connaissait et aimait autant les deux frères ? Il tente à tout prix de remonter le fil de l'histoire, en posant des questions, pleines de suspicion, à ses parents et à son entourage.

D'aucuns, comme la servante de la brasserie qu'il lui arrive de fréquenter, suggèrent que Jean n'est peut-être pas le fils de son père, mais bien du défunt. Pierre, qui a premièrement du mal à accepter cette idée au vu de tout l'amour qu'il porte à sa mère, essaie de dénicher des éléments plus probants que des commérages. Il retrouve par exemple un portrait de Maréchal qui, même s'il révèle bien un air de famille avec Jean, n'est malheureusement pas une preuve accablante.

Alors que le monde entier tourne autour de son frère, Pierre traverse, de plus en plus isolé, les affres de la jalousie et du doute, en passant par celles de la peur, la culpabilité ou encore la colère. Il a bien des rêves d'évasion ou de carrière, mais demeure seul et – pire encore – sans le sou. Perturbé, il erre dans la ville, n'ayant pour tout confident que Marowsko, un vieux pharmacien polonais qui l'a suivi de Paris dans l'espoir de s'enrichir grâce à la nouvelle clientèle du docteur.

L'AVEU

Même s'ils n'avaient jusqu'alors pas grand-chose en commun, les deux frères ne se dépréciaient pas. Pourtant, le point culminant de leur rivalité est atteint lorsque Jean loue un appartement que Pierre convoitait. L'aîné a alors l'impression de tout perdre au détriment du cadet : l'attention de ses parents et celle de Mme Rosémilly (dont les frères, sans le manifester ouvertement, se disputaient les faveurs) ainsi qu'une ascension professionnelle vertigineuse.

Un jour, au retour d'une partie de campagne, Jean invite tout le monde à prendre le thé dans son nouvel appartement. Quand le père Roland raccompagne Mme Rosémilly chez elle et que les deux frères se retrouvent un instant seuls dans le salon, Pierre éclate et accuse Jean de déshonorer leur mère en acceptant l'héritage. Le cadet, ne suspectant rien, la défend jusqu'à ce que celle-ci, un peu plus tard, lui avoue tout : il est bel et bien le fils de Léon Maréchal.

Le lecteur découvre par là même que Louise Roland a des propensions au bovarysme : elle s'est toujours ennuyée avec le père Roland, un peu trop niais et mou à son goût.

Pourtant, si son cœur saigne de voir son premier fils s'éloigner d'elle, elle ne regrette rien.

QUE FAIRE ?

Alors que la majeure partie du récit est menée selon le point de vue de Pierre, la fin laisse la place à Jean. Doit-il accepter l'héritage, à la lumière de ces nouvelles informations ? Que penser de sa mère et quelle attitude adopter vis-à-vis du vieux Roland – ce père qui n'en est pas un ? S'il refuse l'argent dont il est censé hériter et qu'il se retrouve sans le sou, peut-il encore épouser Mme Rosémilly, un parti tant honnête que raisonnable ? En définitive, comment se débarrasser de son frère, élément perturbateur et trouble-fête ?

Le cadet prend ainsi le temps de la réflexion en pesant le pour et le contre. L'air maritime aidant, Jean résout, avec le calme qui le caractérise, chacun des dilemmes qui se présentent à lui. Il décide d'abord d'accepter l'argent de son géniteur. Ensuite, il déclare son amour à la jeune veuve, qui accepte sa demande en mariage.

À la différence de Pierre, Jean pardonne à sa mère dont la santé se détériore à vue d'œil, tandis que, relayé au second plan, le père Roland est laissé dans l'ignorance de ce qui se joue. Le cadet prend également les choses en main quant à son demi-frère : en se promenant dans le port du Havre, il a l'idée de l'envoyer, en guise de dédommagement, sur un grand transatlantique comme médecin de bord, projet qui apparaît à Pierre comme une échappatoire salutaire face à une situation qui le ronge.

Néanmoins, le monde semble s'écrouler autour de l'aîné. Marowsko lui reproche de partir, fâché de ne plus pouvoir compter sur la clientèle du docteur, tandis que la fille de la brasserie ne trouve pas de temps pour discuter. Son nouveau lit marin, sur le bateau, est « étroit et long comme un cercueil » (p. 203). Famille et connaissances assistent à son départ de la Lorraine pour New York. Pierre disparaît simultanément dans la brume de la mer et dans le regard de sa mère qui, habillée en noir, a les yeux aveuglés par les larmes.

La scène de l'« expulsion » du fils légitime clôt donc ce petit roman, dont l'action se déroule en quelques semaines et en neuf chapitres à peine.

L'ŒUVRE EN CONTEXTE

LE CONTEXTE HISTORIQUE ET LITTÉRAIRE

Le XIXe siècle apparaît comme un siècle complexe, riche et diversifié. Politiquement instable, il connaît en France l'essor colonial, le progrès scientifique ainsi que la révolution industrielle – ce qui va par ailleurs servir les œuvres à prétention naturaliste.

En effet, après le courant romantique dont les mots d'ordre sont imagination, sensibilité, exaltation du moi ou encore lyrisme personnel, émerge le réalisme. Ce mouvement, en relation avec le positivisme et le scientisme, se propose de respecter les « faits matériels, étudier les hommes d'après leur comportement, dans leur milieu, à la lumière de théories sociales ou physiologiques » (LAGARDE (André) et MICHARD (Laurent), *XIXe siècle*, *ibid.*, p. 11). Certains, comme Émile Zola, poussent cette observation à l'extrême pour créer ce qu'on va appeler le naturalisme et le roman expérimental. N'oublions cependant pas que très souvent, ces courants littéraires s'entremêlent au lieu de se suivre chronologiquement et de s'exclure.

RÉALISME ET NATURALISME

Alors que le réalisme, doctrine littéraire et esthétique qui connaît son apothéose en 1857 avec *Madame Bovary* de Flaubert, encourage l'observation objective et méticuleuse de la réalité, le naturalisme, promu par

Zola, puise ses forces de l'observation des lois de la nature et de leur application, de façon expérimentale, sur des personnages appartenant aux bas-fonds.

Le XIXe siècle est donc, pour la littérature française, l'âge d'or du roman, avec des noms illustres tels qu'Honoré de Balzac (écrivain français, 1799-1850), Stendhal (écrivain français, 1783-1842), Victor Hugo (poète, dramaturge et prosateur romantique français, 1802-1885) ou Émile Zola. D'ailleurs, certains de ces romanciers, dont l'ambition est de décrire le présent, vivent de leur plume, parfois avec aisance.

LA PUBLICATION DE *PIERRE ET JEAN*

À peine Maupassant a-t-il publié *Le Horla* (1887), dont le héros est en proie à des prémonitions, à des angoisses et à des tentations autodestructrices, qu'il est déjà en train d'écrire *Pierre et Jean*. Écrit en un été, ce petit roman est le quatrième de Guy de Maupassant, écrivain déjà consacré. Le manuscrit est d'abord publié en feuilleton dans *La Nouvelle Revue* (1er et 15 décembre 1887, 1er janvier 1888), avant de paraître sous sa forme actuelle chez Paul Ollendorff dans le courant de l'année 1888.

L'éditeur lui conseille cependant d'étoffer son récit par une introduction – idée que le romancier accepte volontiers. Sa préface, sorte de profession de foi où sont exposées les vues de l'auteur sur le roman en général, s'intitule tout simplement « Le Roman » (voir notre chapitre « Style et écriture »). Celle-ci ayant été tronquée par le *Supplément littéraire* du *Figaro* auquel a été confiée la prépublication de l'étude, Maupassant veut, à sa parution, intenter un procès au journal pour falsification de sa pensée. Heureusement, l'affaire s'arrange à l'amiable.

LES SOURCES D'INSPIRATION

Pierre et Jean est une œuvre parsemée d'éléments très personnels, à commencer par l'exploration de sa Normandie natale par l'écrivain. Les insertions savantes concernant la pêche ou le vocabulaire maritime et/ou aquatique participent également à la dimension personnelle du récit (par exemple, lors de la pêche au bouquet : « On les nomme lanets. Ce sont de petites poches en filet attachées sur un cercle de bois, au bout d'un long bâton », p. 143). En effet, Maupassant ne fait-il pas, dans son enfance, de longues promenades sur les falaises ou en mer, dans les barques des pêcheurs ? En outre, à Paris, ne côtoie-t-il pas des petits-bourgeois, des dames et des prostituées ? Enfin, Louise Roland n'est-elle pas nostalgique avec une propension à la lecture, à l'instar de la mère de l'auteur, Laure Le Poittevin ?

C'est sur cet arrière-fond familier (et familial) que se profile un autre thème cher à Guy de Maupassant : celui de la filiation et de la bâtardise. En effet, c'est un réel fait divers qui est à l'origine de *Pierre et Jean*, comme le note une amie et prétendue correspondante de Maupassant, Hermine Lecomte du Nouÿ (femme de lettres française, 1854-1915) :

> « Un [des] amis [de Maupassant] vient de faire un héritage de huit millions. Cet héritage lui a été laissé par un commensal de sa famille. Il paraît que le père du jeune homme

> était vieux, la mère jeune et jolie. Guy a cherché comment
> le don d'une pareille fortune pouvait s'expliquer. Il a fait
> une supposition qui s'est imposée à lui. » (TROYAT (Henri),
> *Maupassant, ibid.*, p. 184)

Selon Troyat (écrivain français, 1911-2007), Maupassant est donc fortement préoccupé par cette problématique, ce qui est prouvé par nombre de sujets dans ses nouvelles, tels que le « sort de l'enfant naturel abandonné ou adopté, la hantise de la filiation illégitime, la quête de la vérité, les révoltes impuissantes, la jalousie du faux père, le drame de l'épouse coupable... » (*ibid.*, p. 184-185). Le romancier a en effet l'impression qu'un secret plane autour de sa naissance, dans la mesure où ses parents se sont séparés et que son père, volage, n'avait que peu d'affinités avec sa mère. D'ailleurs, l'écrivain l'a toujours plus traité en géniteur qu'en véritable père.

Marie-Claire Ropars-Wuilleumier, écrivain et professeur de littérature, renforce cette thèse : « Malgré un lourd dossier accumulé par l'histoire littéraire, Maupassant est vraisemblablement le fils de son père. » (ROPARS-WUILLEUMIER (Marie-Claire), *Commentaires*, in MAUPASSANT (Guy de), *Pierre et Jean*, Paris, Le Livre de Poche, 1991, p. 239) Selon Troyat, Maupassant « se sent à la fois Jean, le fils adultérin, et Pierre, le fils légitime » (TROYAT (Henri), *Maupassant, ibid.*, p. 185). D'ailleurs, par ironie du sort, Maupassant n'est-il pas lui-même père de trois enfants illégitimes ?

ANALYSE DES PERSONNAGES

PIERRE ROLAND

Médecin dépourvu de clientèle, Pierre, 30 ans, est le fils aîné des Roland, un couple de retraités parisiens vivant au Havre. Physiquement, il a les cheveux noirs et est rasé de près. Maupassant le décrit comme un homme « exalté, intelligent, changeant et tenace, plein d'utopies et d'idées philosophiques » (p. 39).

Les vagabondages de son âme, son cœur ravagé et son aptitude au découragement sont perçus comme son plus gros défaut : « Ses parents, gens placides, qui rêvaient pour leurs fils des situations honorables et médiocres, lui reprochaient ses indécisions, ses enthousiasmes, ses tentatives avortées, tous ses élans impuissants vers des idées généreuses et vers des professions décoratives. » (p. 40)

Car Pierre est un être épris d'idéal qui aime sa mère plus que tout au monde. C'est le fils indiscipliné, qui rêve de grandes choses, mais ne dispose pas de moyens suffisants pour les réaliser. Son appétit demeure par conséquent insatisfait.

À l'annonce de la nouvelle faisant de son frère le seul légataire de Léon Maréchal, il devient rancunier et jaloux, mais n'avoue pas ses sentiments. Solitaire, tiraillé entre des sentiments contraires allant de l'incrédulité à la colère, en passant par la peur, la culpabilité, la haine, la honte et la cruauté, il s'improvise détective et résout peu à peu l'énigme liée à sa mère. Malheureusement pour lui, cette entreprise n'aboutit qu'à un isolement encore plus prononcé, tant au niveau psychique que physique, qui le mène, à la fin du récit, à un exil forcé.

JEAN ROLAND

Le cadet des Roland, Jean, est un jeune homme de 25 ans qui vient de finir ses études en droit. Surnommé « le petit » bien qu'il soit grand de taille, il est un blond barbu, discipliné et posé. En d'autres termes, il est l'exact opposé de son frère. Au détriment de Pierre, il a toujours été le favori de la famille :

> « Jean, dès son enfance, avait été un modèle de douceur, de bonté et de caractère égal ; et Pierre s'était énervé, peu à peu, à entendre vanter sans cesse ce gros garçon dont la douceur lui semblait être de la mollesse, la bonté de la niaiserie et la bienveillance de l'aveuglement. » (*ibid.*)

Cet antagonisme fondamental entre les deux frères trouve son écho au cœur même des événements qui alimentent l'intrigue. Ainsi, Jean bénéficie, du jour au lendemain, d'une certaine aisance grâce à la fortune de Léon Maréchal. Contrairement à Pierre, il pardonne ensuite à sa mère son adultère, ce qui renforce les liens mère-fils. Sans le changer pour autant, cet héritage accélère son ascension professionnelle (il peut se permettre à présent d'ouvrir une étude) et sociale (il peut épouser une femme). Ces deux projets l'enhardissent et l'ancrent dans son nouveau statut.

Finalement, c'est bien lui, le plus jeune des frères, mais aussi le plus inoffensif et le plus apte à la tempérance, qui va régler la situation et rétablir un certain équilibre familial en se faisant l'initiateur du départ de Pierre.

LOUISE ROLAND

Petite-bourgeoise parisienne de 48 ans, ex-commerçante dans la boutique de son époux, Louise est fine et gracieuse. Elle incarne tout d'abord la figure maternelle : mère et épouse dévouée, elle se laisse voguer au gré d'un quotidien monotone et calme, émaillé de quelques menues rivalités entre ses enfants qu'elle se donne pour mission d'apaiser. Elle est, en quelque sorte, la garante de la quiétude familiale et du bonheur de chacun.

Mais si son dévouement est indéniable, il n'en demeure pas moins qu'il cache une autre facette : un penchant pour la rêverie et un sentiment d'insatisfaction qui l'ont autrefois poussée dans les bras de Léon Maréchal, avec lequel elle a eu un enfant illégitime.

Jusqu'à ce que son secret ne soit mis à nu, elle joue son rôle de maîtresse de maison à la perfection : dans l'ombre apparente de son mari, elle propose du thé à ses invités, gère ses domestiques, s'occupe du linge et du mobilier de ses fils.

Lorsque Pierre découvre son secret, un changement s'opère : torturée et sans cesse provoquée par son aîné, elle devient pâle et brisée, souffrant même de malaises nerveux, alors que ses cheveux deviennent blancs. À la fois chagrinée et soulagée, elle pleure l'embarquement de son fils pour l'Amérique, comme s'il s'agissait de sa mort, non d'un simple départ.

GÉRÔME ROLAND

Bijoutier parisien retraité et bon vivant, le père Roland apparaît comme un personnage un peu égoïste qui s'est installé au Havre avec sa femme pour assouvir ses passions, la pratique de la pêche et de la navigation. Vivant modestement de ses rentes, avare malgré tout, il mène une existence tranquille et peu exigeante.

C'est lui qui se félicite le plus de la nouvelle fortune de Jean, sans remettre une seule seconde en question un tel don. Tout aussi dupe au début de l'histoire qu'à sa fin, conservé volontairement dans l'ignorance, ce personnage est presque sans importance pour l'avancement de l'intrigue. Le seul changement notable le concernant est qu'il boit peut-être un peu plus, la fortune inattendue de son fils l'ayant rendu « ivre » de joie.

Bien qu'il soit présenté comme niais, « habitué d'ailleurs à ne jamais comprendre ce qu'on [dit] devant lui » (p. 186), le père Roland formule de temps à autre des aphorismes (courtes phrases qui résument une vérité générale), derrière lesquels on devine la présence de Maupassant lui-même :

> « Le plus sage dans la vie c'est de se la couler douce. Nous ne sommes pas des bêtes de peine, mais des hommes. Quand on naît pauvre, il faut travailler ; eh bien, tant pis, on travaille ; mais quand on a des rentes, sacristi ! il faudrait être jobard pour s'esquinter le tempérament. » (p. 78-79)

Mme ROSÉMILLY

Jeune voisine des Roland, riche veuve d'un capitaine, Mme Rosémilly devient une amie de la famille. Au départ, les deux frères se disputent ses faveurs, mais plutôt par esprit de concurrence que par réel intérêt pour sa personne.

Si sa préférence va dès le début à Jean en qui elle retrouve des traits de caractère communs au sien, comme la droiture et une propension à être raisonnable, elle n'en laisse quasiment rien paraître, attendant patiemment la demande en mariage du jeune homme. C'est d'ailleurs avec pragmatisme et sans la moindre effusion qu'elle accepte la proposition de Jean, comme si c'était la chose la plus naturelle au monde.

Pourtant, bien qu'elle semble d'un caractère bienveillant et raisonnable, son apparence physique et son jeune âge trahissent un élan et des aspirations tendus vers autre chose que la vie à laquelle elle est prédestinée. Elle a, en effet, « une couronne de cheveux follets envolés à la moindre brise et un petit air crâne, hardi, batailleur, qui ne concordait point du tout avec la sage méthode de son esprit » (p. 41-42).

LÉON MARÉCHAL

Homme instruit, sentimental et amateur de littérature, chef de bureau aux Finances, ce riche Parisien est un client de la boutique, avant de devenir ami de Gérôme Roland et surtout amant de Louise Roland, au point de s'immiscer dans la vie quotidienne familiale : il va en effet prendre Pierre à la sortie de l'école, passe ses soirées chez les Roland et se charge d'aller chercher le médecin pour l'accouchement de Louise à l'occasion de la naissance de Jean. Au final, il supplante le père Roland dans son statut de chef de famille, sans rencontrer le moindre obstacle de la part du principal intéressé.

Au moment de l'intrigue, ce personnage ne paraît plus qu'à travers le faisceau des souvenirs des différents protagonistes ; il est toutefois omniprésent dans le roman, tout d'abord par le biais d'un portrait et de lettres remisés dans le tiroir d'un secrétaire, puis par la somme conséquente qu'il laisse à Jean et qui déclenche l'action du récit.

ANALYSE DES THÉMATIQUES

La désagrégation familiale

Dans ce roman, la problématique de la famille engendre une série de sous-thèmes, comme celui de la filiation, qu'elle soit légitime ou illégitime, de l'adultère, ou encore de la rivalité fraternelle. *Pierre et Jean* étant le récit du naufrage d'une famille bourgeoise suite à un héritage inattendu, chaque protagoniste va accueillir cette nouvelle d'une façon différente, ce qui donne à l'auteur le prétexte pour se pencher sur le déterminisme social et observer, comme Flaubert lui avait appris à le faire, les réactions des personnages en question.

Une chose est certaine : plus Pierre s'acharne à reconstruire le passé de sa famille, plus il déconstruit son présent. En effet, en découvrant le secret de sa mère, il constate avec terreur qu'il a perdu une famille, ses repères et peut-être même toute une vie. Le dénouement récompense d'ailleurs le fils adultérin et rejette le fils légitime.

L'aveu au fils

Ironie du sort, le père, celui qui devrait être le plus offensé car trahi, n'en sait et même n'en suspecte absolument rien. C'est lui qui se réjouit le plus de la situation.

Dans cet aspect-là, c'est l'aîné, Pierre, qui endosse symboliquement le rôle du mari trompé, frôlant ainsi de près l'inceste œdipien. En effet, Pierre raisonne en termes d'honneur et se préoccupe des qu'en-dira-t-on, même s'il est « seulement » le fils, un fils désillusionné.

L'aveu se fait finalement à l'enfant illégitime, à savoir Jean, non à l'époux qui continue à être exclu du drame familial :

> « [...] l'aveu de Mme Roland, à la différence de précédents célèbres, ne se fait pas à l'époux, mais à celui des fils qui ne savait rien, en excluant celui qui soupçonnait ; et si l'exclu se sent "trompé" comme un "mari", l'élu donnera à la mère comme "l'émotion retrouvée des adultères anciens". On ne saurait mieux signaler que les réactions des protagonistes se retrouveront ainsi programmées par leur place dans un ensemble familial, où le triangle symbolise le fonctionnement ternaire du désir. » (ROPARS-WUILLEUMIER (Marie-Claire), *Commentaires*, *ibid.*, p. 228)

Les deux frères : complices ou ennemis ?

Bien qu'une certaine rivalité naturelle existe entre Pierre et Jean, comme dans toutes les fratries, les deux personnages révèlent également de nombreuses similitudes dans leurs gestes quotidiens, qui sont mises en avant par l'écrivain. Ainsi, Pierre et Jean « se mirent à rire en même temps » (p. 37), « faisaient, chaque fois, le même mensonge » (p. 39), et « tous deux tirèrent leurs fils... » (p. 43).

Par contre, si les « deux frères, en deux fauteuils pareils, les jambes croisées de la même façon, à droite et à gauche du guéridon central, regardaient fixement devant eux », ils avaient « des attitudes semblables pleines d'expressions différentes » (p. 60). Tout au long de l'ouvrage, les deux frères sont ainsi présentés soit par analogie, soit par opposition.

Au fil de l'intrigue pourtant, c'est le contraste entre les deux jeunes hommes qui devient prédominant. Tout d'abord rivaux pour conquérir Mme Rosémilly, dans une scène initiale qui se transforme en compétition virile où chacun s'efforce de ramer plus vite que l'autre, Pierre et Jean voient leur destin prendre un tournant radicalement différent. Pour le plus jeune des frères, on assiste à une quadruple ascension (financière, professionnelle, affective et morale), à laquelle fait rigoureusement écho la chute de l'aîné.

- L'héritage propulse Jean sur le devant de la scène et lui permet d'aspirer à un avenir prometteur et une vie aisée, alors que son frère a tout à construire et n'a d'autre choix que de compter sur lui-même et sa persévérance pour réaliser ses ambitions.
- Affectivement, Jean obtient non seulement la préférence de Mme Rosémilly, mais noue aussi une relation indéfectiblement plus forte avec sa mère, en devenant le dépositaire de son secret. Pierre est, quant à lui, relégué au second plan et doit évoluer tant bien que mal dans l'ombre de son cadet : son intransigeance et son amertume à l'égard de l'infidélité maternelle lui font perdre le plus précieux, son amour admiratif pour sa mère et sa relation heureuse avec elle.
- L'appartement qu'acquiert Jean pour son travail l'ancre définitivement aux côtés de sa famille. À l'inverse, Pierre obtient un poste sur un bateau voué à l'éloigner des siens et à lui faire perdre toutes ses attaches.

- L'ascension du cadet est aussi morale : Jean s'affermit pour protéger sa mère, tandis que Pierre sombre irrémédiablement en même temps que sa foi et sa confiance en la famille se désagrègent.

Cet antagonisme des deux frères se clôt par un rapprochement final qui les conduit à faire un choix, auquel l'un et l'autre décident de se conformer : épargner leur mère en taisant à jamais son secret, ce qui implique le départ forcé, mais consenti, de Pierre. C'est donc au moment où leurs liens sont les plus distendus familialement (ils ne sont plus que demi-frères) qu'ils œuvrent ensemble pour le bien de la famille.

L'IMAGE DE LA SOCIÉTÉ

L'emprise de l'argent sur l'individu

La réalité économique du XIXe siècle, qui se traduit par le mode de vie et les préoccupations des protagonistes, est très présente dans le roman. Comme nous l'avons déjà vu, l'héritage change la donne dans la famille Roland et précipite l'action du roman, menant à l'isolement de l'un des frères et à l'avènement social de l'autre. En effet, sans héritage, point d'histoire.

Même s'il profite désormais un peu de la vie (cigares, alcool, barque), le père Roland est un ex-marchand plutôt économe et calculateur qui vit d'une rente correcte, mais sans plus. Parmi ses amis, il compte des Parisiens, des capitaines, des chefs de bureau aux Finances ainsi que des notaires, comme s'il voulait se donner un peu plus de valeur.

S'il se réjouit de cette fortune tombée du ciel, c'est aussi parce qu'un poids – celui de trouver à placer ses fils – ne lui pèse plus sur les épaules. Effectivement, il lui faut veiller à ce qu'ils aient une carrière correspondant à leur statut social, ainsi qu'une femme respectable, de préférence riche.

Alors que pour le jeune avocat, l'argent signifie une ascension rapide, Pierre se rend soudainement compte qu'il n'a rien ni personne et qu'il habite toujours chez ses parents desquels il est financièrement dépendant. Finalement, il accepte de travailler sur le transatlantique, plus par raison que par élan du cœur.

De son côté, Jean aurait-il demandé la main de la veuve Rosémilly, si celle-ci était sans ressources ? Les Roland, en bons capitalistes, savent calculer. Et que dire de Léon Maréchal, ce riche Parisien qui, même avant de laisser toute sa fortune à un fils illégitime, avait déjà fait preuve de générosité : l'aurait-on autant considéré comme le grand ami de la famille s'il n'avait pas les moyens d'acheter des fleurs et de faire des cadeaux à tout le monde ?

Quoi qu'il en soit, l'argent est ici surtout synonyme de liberté. Quand Pierre pense à son frère devenu riche, il le voit désormais « délivré de tout souci, délivré du travail quotidien, libre, sans entraves, heureux, joyeux, [pouvant] aller où bon lui semblerait, vers les blondes Suédoises ou les brunes Havanaises » (p. 69).

Les lieux communs

Tout au long du récit, des clichés sur les êtres humains, ainsi que leurs relations et leur fonctionnement dans la société, se laissent entrevoir. Maupassant dépeint des individus absolument ordinaires, à commencer par les dénominations on ne peut plus banales de Pierre et de Jean ou du « père Roland », enfermés dans des rôles exigus et stéréotypés, pour lesquels l'écrivain est d'ailleurs bien connu.

En effet, des Roland à la fille du bar, en passant par la bonne Joséphine, rien ne surprend dans la description et le comportement des personnages, en conformité avec la société française et bourgeoise du XIXe siècle, dans laquelle Maupassant étouffe :

- Louise Roland et Mme Rosémilly représentent les femmes de la petite bourgeoisie en général. Elles n'ont d'autres responsabilités que de bien tenir la maisonnée, broder, discuter, acheter du linge. Financièrement dépendantes des hommes, elles sont toujours appréciées pour leur valeur marchande – la veuve est riche et la mère a été employée dans le négoce de son mari, ce qui représente un salaire d'épargné pour son époux. En revanche, Maupassant attribue à Joséphine, la bonne des Roland, l'« air étonné et bestial des paysans » (p. 52), faisant d'elle le stéréotype d'une autre catégorie sociale ;
- le père Roland est, quant à lui, un être sans relief et sans surprise. Il commence à boire par gaieté de cœur, prend la vie comme elle vient, se satisfait de ce qu'il a sans se poser de questions. Dans son analyse, Troyat le décrit assez durement :

> « [Pierre] préférera fuir sa vraie famille et laisser auprès de
> sa mère son demi-frère, le bâtard, et son père légal, le mari
> trompé, personnage médiocre, dont la nullité et la tranquille
> bonhomie rendent plus tragique encore, par comparaison,
> le tourment des autres protagonistes. » (TROYAT (Henri),
> *Maupassant, ibid.*, p. 183)

- Jean, personnage gentil et doux, se caractérise par le positivisme des nouveaux riches. La scène de la déclaration d'amour, lors d'une pêche au bouquet on ne peut moins romantique dans des tenues improvisées, l'illustre à merveille. La demande en mariage se déroule de façon expéditive, comme s'il s'agissait d'une formalité dont l'issue est connue d'avance, d'un contrat commercial où il n'y a point de place pour les sentiments :

> « Ils se turent [...]. Et c'était fini, il se sentait lié, marié, en
> vingt paroles. Ils n'avaient plus rien à se dire puisqu'ils
> étaient d'accord et ils demeuraient maintenant un peu
> embarrassés tous deux de ce qui s'était passé, si vite, entre
> eux, un peu confus même, n'osant plus parler, n'osant plus
> pêcher, ne sachant que faire. » (p. 151)

- les personnages secondaires sont aussi pétris de clichés. Ainsi, Léon Maréchal – l'amant – est riche et raffiné (il lit de la poésie) ; Marowsko – l'émigré – est un Polonais réfugié politique « qui avait eu des histoires terribles là-bas » (p. 70) ; la fille de la brasserie – la prostituée qui n'est pas sans évoquer *Boule de suif* – est moins hypocrite que les autres femmes et ose dire ce qu'elle pense à voix haute : « Je les connais tes femmes mariées, c'est du propre ! Elles ont plus d'amants que nous, seulement elles les cachent. » (p. 96-97) Ce sont d'ailleurs ces deux derniers personnages qui sèment le doute dans l'esprit de Pierre et l'amènent sur la piste de l'adultère.

Au final, il en ressort l'image d'une société aux motivations étriquées, qui s'organise principalement autour de l'argent, mais aussi d'une classe bourgeoise au champ de vie bien délimité par le confort acquis, la morale et l'intégrité sociale, qui perd tous ses repères et s'effrite dès lors qu'un obstacle vient enrayer les rouages de l'ordre qu'elle a si consciencieusement établi.

LA THÉMATIQUE DU VOYAGE

Le désir d'évasion

Un désir d'évasion, une envie de partir, tant au sens propre qu'au sens figuré, anime tous les personnages du roman et forme donc une thématique prégnante du roman.

Le père Roland troque Paris pour Le Havre afin d'être plus près de la mer ; il s'achète même une petite barque qu'il nomme la *Perle* et chérit par-dessus tout. Contrairement à sa famille qui hésite à accepter l'héritage de Maréchal, il a tout de suite une idée très nette quant à cet argent : « À ta place », dit-il à son cadet, « c'est moi qui achèterais un joli bateau, un cotre [voilier à un mât] sur le modèle de nos pilotes. J'irais jusqu'au Sénégal, avec ça » (p. 78). Son épouse s'avère être également une grande rêveuse, une adepte des livres, « non pour leur valeur d'art, mais pour la songerie mélancolique et tendre qu'ils éveillaient en elle » (p. 45).

À la fin du livre, Pierre embarque pour l'Amérique, desti-
nation par excellence du renouveau ; mais s'il avait pu se le
permettre, il serait déjà parti, car il étouffe dans la petite
ville portuaire, tournant en rond, en proie à ses propres
angoisses et son inassouvissement. Ayant rencontré son
frère dans le port, il se confie à lui sur un ton mélancolique :

> « [...] j'ai des désirs fous de partir, de m'en aller avec tous
> ces bateaux, vers le nord ou vers le sud. Songe que ces petits
> feux là-bas, arrivent de tous les coins du monde, des pays
> aux grandes fleurs et aux belles filles pâles ou cuivrées, des
> pays aux oiseaux-mouches, aux éléphants, aux lions libres,
> aux rois nègres, de tous les pays qui sont nos contes de fées
> à nous [...] » (p. 69)

L'évasion au travers des mots

Ces désirs d'évasion des personnages principaux sont
renforcés, dans un premier temps, par le décor, pour lequel
Maupassant recourt notamment au champ lexical portuaire
et maritime du littoral normand. Le texte est en effet par-
semé de mots tels que « jetée », « quai », « port », « phare »,
« ciel étoilé », mais aussi d'un vocabulaire ayant trait à
l'errance et au déplacement (« errer », « flâner », « sortir »,
« rentrer », « arriver », « marcher », « rôder », « partir », « se
rendre », etc.).

L'auteur en appelle également à des termes plus exotiques,
comme lorsque Jean et sa mère décorent la salle à manger
de l'avocat en « lanterne japonaise » (p. 158). D'ailleurs, son
nouvel appartement se trouve boulevard François Ier, seul
souverain encourageant la découverte de l'Amérique du

Nord, contrairement à ses prédécesseurs qui ne s'intéressent point à cette partie du monde. En effet, nous sommes dans la seconde partie du XIXe siècle, période au cours de laquelle le colonialisme bat son plein. Les nombreuses allusions aux pays étrangers, comme « un Anglais qui revenait des Indes » (p. 115) ou « des steamers [navires à vapeur] du Brésil, de La Plata, du Chili et du Japon, deux bricks [voiliers à deux-mâts] danois, une goélette norvégienne et un vapeur turc » (p. 67), révèlent le goût prononcé de l'époque pour l'exotisme.

Bien sûr, cette toile de fond est propice à des comparaisons ou à des interprétations multiples : on peut comparer les va-et-vient des personnages (surtout de Pierre) à la marée, la pêche au poisson à la pêche aux femmes, et la mer à la mère. C'est finalement le sifflet d'un bateau à vapeur entrant au port qui suggère à Jean comment écarter son frère. Aussi, de façon absolue, Maupassant compare la vie à la mer et à l'eau « qui roule, toujours errante, toujours fuyante » (p. 194).

Un thème porté par les personnages secondaires

Les personnages du deuxième plan relaient les Roland (et par la même occasion, Maupassant lui-même) dans leurs rêveries d'ailleurs.

- Le premier ami de la famille est le capitaine Beausire, qui a beaucoup voyagé et a des histoires à partager (« Beausire racontait un dîner qu'il avait fait à Saint-Domingue [République dominicaine] à la table d'un général nègre », p. 89).
- Mme Rosémilly est également la veuve d'un capitaine au long cours, mort en mer de surcroît. Interrogée le plus

souvent par le père Roland, elle parle de son défunt mari, « de ses voyages, de ses anciens récits » (p. 41). Dans son salon sont d'ailleurs accrochées des gravures représentant des scènes maritimes.

- Marowsko, le seul ami de Pierre, est un réfugié polonais dont le passé est auréolé de mystère (« aussi des légendes avaient-elles couru », p. 70).

Au-delà du tangible...

Le voyage s'exprime également à travers l'amour, exil fictif par excellence. En effet, Louise Roland a trouvé, auprès de Léon Maréchal, une échappatoire à sa petite vie de caissière dans la boutique de son mari :

> « Elle avait été jeune, avec toutes les défaillances poétiques qui troublent le cœur des jeunes êtres. Enfermée, emprisonnée dans la boutique à côté d'un mari vulgaire et parlant toujours commerce, elle avait rêvé de clairs de lune, de voyages, de baisers donnés dans l'ombre des soirs. Et puis un homme, un jour, était entré comme entrent les amoureux dans les livres, et il avait parlé comme eux. » (p. 113)

À défaut de l'amour sentimental, l'amour physique peut aussi symboliser, ne serait-ce qu'à travers la fille de la brasserie que Pierre fréquente, un désir d'évasion, voire une volonté de se perdre dans un oubli temporaire.

En dernier lieu, cette envie de voyage peut aussi prendre le caractère définitif de la mort. Le départ de Pierre outre-Atlantique est, en effet, vécu comme une disparition irrévocable ou comme la mort d'une époque (celle de la famille unie) : dans sa cabine, le jeune homme s'allonge sur une couchette étroite comme un cercueil et sa mère regarde s'éloigner le bateau, toute de noir vêtue. Pierre, qui se torture pour cette question de filiation, n'a-t-il pas aussi envie, à un moment, de « se jeter à la mer, de se noyer pour en finir » (p. 140) ? L'« au-delà » symbolique remplacerait dès lors le simple « ailleurs ».

STYLE ET ÉCRITURE

Les épithètes qui reviennent pour parler du style de Maupassant sont : bref, concis, concentré et, évidemment, réaliste. Selon Lagarde et Michard, l'écrivain se distinguerait par son « sens de la mesure » (LAGARDE (André) et MICHARD (Laurent), *XIXe siècle, ibid.*, p. 493). L'intérêt de son écriture tiendrait « à la peinture vraie des milieux, des mœurs, des types les plus divers, qu'il s'agisse du monde rustique [...], des bourgeois ou des employés » (*ibid.*).

LE ROMAN SELON MAUPASSANT

Comme Maupassant excelle dans le genre de la nouvelle, il n'est pas surprenant de constater que ce type de littérature va à son tour influencer son écriture romanesque.

LA NOUVELLE

Ancêtre du roman, existant en France depuis le Moyen Âge, ce genre généralement court, mais susceptible d'aborder une multitude de thèmes, a pour origine, d'une part, des récits religieux prêchant la morale et, d'autre part, le fait divers et son caractère anecdotique, particulièrement en vogue au XIXe siècle. Mettant en avant un seul événement, la nouvelle présente un univers concentré et une action resserrée. La brièveté du texte sert à intensifier l'effet produit sur le lecteur.

Dans la préface de *Pierre et Jean* intitulée simplement « Le Roman », Guy de Maupassant expose ses vues sur le genre romanesque en général. Dans ce texte polémique, il interroge les règles de classification des œuvres littéraires, en défendant le pluralisme et en insistant sur la liberté du créateur. Le talent d'un auteur découlerait de son originalité, cette « manière spéciale de penser, de voir, de comprendre et de juger » (p. 17), et pas nécessairement du fait qu'il copie fidèlement la réalité.

Le but de l'écrivain n'est donc pas de nous raconter une histoire, mais de nous transmettre une vision de la vie qui lui est propre. « Laissons [l'écrivain] libre de comprendre, d'observer, de concevoir comme il lui plaira, pourvu qu'il soit un artiste. » (p. 19) Pour lui, c'est une prétention de penser qu'il n'existe qu'une seule vérité, alors qu'il y en a autant que d'individus sur terre. C'est pourquoi il s'oppose au réalisme et au naturalisme de l'époque, qui prônent la fidélité à la réalité et aux lois de la nature – Maupassant affirme d'ailleurs n'appartenir à aucune école.

Si tout raconter est impossible, un choix s'impose donc : faire vrai consiste alors à « donner l'illusion complète du vrai » (p. 23), d'où le recours à un style condensé qui évite l'artifice des digressions narratives et offre des instantanés de vie.

OBSERVATION ET DÉDUCTION

Néanmoins, animé par un souci des mécanismes intimes de la psychologie humaine, l'écrivain demeure fidèle au principe réaliste d'observation et d'analyse inculqué par son mentor, le grand adepte de la méthode scientifique Gustave Flaubert, qui lui apprend, entre autres, « à regarder le monde, à s'exercer à la description précise, à rechercher patiemment l'exactitude du détail vécu » (LAFFONT (Robert) et BOMPIANI (Vincenzo), *Dictionnaire des auteurs de tous les temps et de tous les pays*, tome III, Paris, Robert Laffont, 1988, p. 321).

Maupassant écrit donc déjà *Pierre et Jean* en prosateur (auteur s'exprimant en prose) au style confirmé. On y retrouve beaucoup de *Boule de suif*, ce petit récit devenu en quelque sorte la signature de l'écrivain : style court et concis, qui traite des sujets de prédilection de l'auteur comme l'exclusion sociétale, l'indifférence, l'hypocrisie, l'impossibilité de communication entre les êtres humains, le détail de la vie quotidienne ainsi que la description des états d'âme du protagoniste – avec, en arrière-plan, un monde pessimiste, cruel et cupide.

Nous avons déjà vu que pour découvrir la vérité – quelle qu'elle soit –, Pierre devient un véritable investigateur afin de reconstituer le passé parisien de ses parents.

Même s'il se laisse de temps à autre emporter par sa colère, en torturant à maintes occasions sa mère, il ne se lasse pas de soumettre questions et hypothèses, mener son investigation de façon systématique, reconstruire patiemment les faits, chercher des preuves, le tout en adoptant une attitude de chercheur (n'est-il pas médecin de formation ?) et « avec une ténacité de chien qui suit une piste évaporée » (p. 108). Derrière ce personnage, on peut bien deviner la présence de l'auteur. L'observation et l'expérimentation déductives, toutes deux très puissantes, s'érigent ici en méthode scientifique.

LES REDONDANCES : UN STYLE AU SERVICE DE L'ÉCRITURE

Dans la préface de *Pierre et Jean*, il est question du signe du double : « Il n'est rien dans le texte qui n'aille par deux, à l'instar des deux frères mis en titre. » (p. 5) Cette binarité, ou « multiplication inquiétante du même » (*ibid.*), est à lire comme une signature volontaire du style de Maupassant. Par ailleurs, Antonia Fonyi relève que les « personnages, victimes d'un même destin, semblent être interchangeables » (Fonyi (Antonia), « Maupassant (Guy de) », *ibid.*, p. 575).

Effectivement, outre la binarité des deux frères, Mme Rosémilly détient tous les attributs pour devenir la prochaine Louise Roland, et même plus : elle va se substituer à Pierre, dès le départ de celui-ci, et prendre sa place dans le cœur de la mère. Une fille pour un fils. Le docteur avec lequel Pierre s'entretient, lors de son départ pour New York, tient à la fois de lui (il est médecin et s'appelle Pirette) et de son frère Jean, puisqu'il est jeune, blond et porte une barbe. Le père Roland peut être comparé au capitaine Beausire – rond et amateur de mer – et au matelot Jean-Bart, qu'on appelle aussi Papagris (noter le mot « père » qui revient dans la phrase de Pierre : « Eh bien, mon père, en route », p. 99). Il y a un effet d'écho entre ces personnages.

Maupassant va pourtant plus loin en appliquant la redondance du vocabulaire (« ils semblaient heureux et

contents », p. 125), ce qui accentue l'impression d'étroitesse et d'étouffement dans le récit ; mais aussi les effets
d'inversion (Pierre est noir et rasé, alors que Jean est blond
et barbu) et de répétition (promenade en mer présente au
début et à la fin du récit).

En dernier lieu, nous pouvons relever que le narrateur de la
première partie du récit est Pierre. Par contre, dès que Jean
emménage dans son nouvel appartement et se fiance (donc
dès qu'il prend sa vie en main), c'est à travers le regard de ce
dernier que le lecteur va suivre les événements. L'expulsion
de Pierre de son rôle de narrateur coïncide avec son « expulsion » de la famille, et ultimement, du texte selon Marie-
Claire Ropars-Wuilleumier (*Commentaires, ibid.*, p. 234).

LA RÉCEPTION DE *PIERRE ET JEAN*

UNE RECONNAISSANCE UNANIME

À la parution de *Pierre et Jean* (1888), Guy de Maupassant est déjà un homme mûr et un fécond écrivain vivant de sa plume. Depuis le grand succès de *Boule de suif* en 1880, ce nouvelliste acclamé n'arrête pas de susciter l'admiration et d'accumuler les louanges. *La Maison Tellier*, son premier recueil de nouvelles paru en 1881, atteint en deux ans 12 tirages. *Bel-Ami*, roman réaliste qui s'attaque à la société capitaliste (1885), est tiré 37 fois en quatre mois. Précisons que le romancier a été en lice pour devenir membre de la future académie Goncourt, dans laquelle il devait remplacer Gustave Flaubert – projet que la mort prématurée de l'auteur a balayé.

Pierre et Jean est pour sa part considéré par la critique comme un des chefs-d'œuvre de Maupassant : « Au jugement de beaucoup, le meilleur des romans de Guy de Maupassant », rapportent Laffont et Bompiani (LAFFONT (Robert) et BOMPIANI (Vincenzo), « *Pierre et Jean* », *ibid.*, p. 295).

En revanche, l'écrivain lui-même se montre plus modeste : « *Pierre et Jean* aura un succès littéraire, mais non pas un succès de vente. Je suis sûr que le livre est bon…, mais il est cruel, ce qui l'empêchera de se vendre. » (TROYAT (Henri), *Maupassant*, *ibid.*, p. 179) Même si le roman, écrit en l'espace de trois mois, d'un seul trait et dans l'enthousiasme, est « [p]lus court, plus ramassé que les autres romans de Maupassant, celui-ci vaut surtout par l'économie de moyens, la concentration dramatique et le flamboiement des caractères chauffés à blanc » (*ibid.*). Émile Zola crie « au génie » (*ibid.*) ; Anatole France (écrivain français, 1844-1924) déclare que « [f]orce, souplesse, mesure, rien ne manque plus à ce conteur robuste et magistral » (*ibid.*) tandis qu'Adolphe Badin (journaliste français de *La Nouvelle Revue*, 1831-189?) considère qu'« [i]l fallait le merveilleux talent de Guy de Maupassant pour traiter une aussi redoutable situation sans soulever les répugnances du lecteur ou révolter sa sensibilité ». Quelques voix mineures regrettent le côté sombre de l'histoire. Pourtant, la « majorité du public est pour lui. Le chiffre le prouve » (*ibid.*, p. 185-186).

À l'enterrement de Guy, qui rassemble des foules au cimetière du Montparnasse, Émile Zola prononce un discours où il loue « la clarté, la simplicité et la force » du regretté défunt. « La seule consolation pour les survivants, c'est [...] la certitude de la gloire inaltérable qui attend le disparu auprès des générations futures », conclut-il (*ibid.*, p. 268).

UNE POSTÉRITÉ QUI NE SE DÉMENT PAS

De nos jours, Maupassant demeure encore un écrivain populaire, aimé et apprécié. Un sondage récent, réalisé par *Le Figaro* avec le cabinet GfK et mesurant la popularité des auteurs classiques, montre qu'il se retrouve en tête avec 3,8 millions de ventes (Aissaoui (Mohammed), « Palmarès des ventes : Maupassant superstar », in *Le Figaro.fr*, mars 2012, consulté le 8 février 2017).

Cette popularité explique le fait que Guy de Maupassant soit l'un des écrivains français les plus adaptés dans le monde, aussi bien au cinéma qu'à la télévision. *Pierre et Jean* a non seulement été maintes fois réédité, mais aussi porté à l'écran. Voici un aperçu de ses adaptations, tant françaises qu'internationales :

- 1924 : *Pierre et Jean*, d'Émile-Bernard Donatien.
- 1926 : *Bara en danserska* (*Seulement une danseuse*), d'Olof Molander (Suède).
- 1943 : *Pierre et Jean*, d'André Cayatte.
- 1951 : *Una Mujer sin amor* (*Une Femme sans amour*), de Luis Buñuel (Mexique).
- 1973 : *Pierre et Jean*, téléfilm français de Michel Favart.
- 2003 : *The Legacy*, de Dan Ireland (Canada/ Grande-Bretagne).
- 2004 : *Pierre et Jean*, téléfilm français de Daniel Janneau.

La simplicité du style de Maupassant, le choix d'une intrigue à mi-chemin du récit policier et du drame familial, le caractère intemporel des personnages et de leurs dilemmes, jouent sans aucun doute pour beaucoup dans ce succès qui traverse les époques et franchit les frontières, sans jamais perdre en intensité.

Votre avis nous intéresse !
Laissez un commentaire sur le site de votre librairie en ligne
et partagez vos coups de cœur sur les réseaux sociaux !

BIBLIOGRAPHIE

SOURCES BIBLIOGRAPHIQUES

- FONYI (Antonia), « MAUPASSANT (Guy de) », *Encyclopædia Universalis 14*, Paris, Encyclopædia Universalis France, 2002, p. 575-576.
- LAFFONT (Robert) et BOMPIANI (Vincenzo), *Dictionnaire des auteurs de tous les temps et de tous les pays*, tome III, Paris, Robert Laffont, 1988.
- LAFFONT (Robert) et BOMPIANI (Vincenzo), « Pierre et Jean », in *Dictionnaire des œuvres de tous les temps et de tous les pays : littérature, philosophie, musique, sciences*, tome V, Paris, Robert Laffont, 1990.
- LAGARDE (André) et MICHARD (Laurent), *XIXe siècle*, Paris, Bordas, 1991.
- MAUPASSANT (Guy de), *Pierre et Jean*, Paris, Le Livre de Poche, 1991.
- ROPARS-WUILLEUMIER (Marie-Claire), « Préface », in MAUPASSANT (Guy de), *Pierre et Jean*, Paris, Le Livre de Poche, 1991, p. 5-11.
- ROPARS-WUILLEUMIER (Marie-Claire), *Commentaires*, in MAUPASSANT (Guy de), *Pierre et Jean*, Paris, Le Livre de Poche, 1991, p. 215-249.
- TROYAT (Henri), *Maupassant*, Paris, Flammarion, 1989.

SOURCES COMPLÉMENTAIRES

- AISSAOUI (Mohammed), « Palmarès des ventes : Maupassant superstar », in *Le Figaro.fr*, mars 2012, consulté le 8 février 2017, http://www.lefigaro.fr/

livres/2012/03/14/03005-20120314ARTFIG00608-pal-mares-des-ventes-maupassant-superstar.php

- FONYI (Antonia), *Maupassant*, Paris, Kimé, 1993.
- « Maupassant », in *Magazine littéraire*, numéro spécial, mai 1993.
- VIAL (André), *Guy de Maupassant et l'art du roman*, Paris, Nizet, 1994.

ADAPTATIONS

- *Pierre et Jean*, film d'André Cayatte, avec Renée Saint-Cyr, Jacques Dumesnil et Gilbert Gil, France, 1943.
- *Una Mujer sin amor (Une Femme sans amour)*, film de Luis Buñuel, avec Rosario Granados, Mexique, 1951.
- *Pierre et Jean*, téléfilm français de Daniel Janneau, avec Valentin Merlet (Pierre) et Alexis Loret (Jean), France, 2004.

ICONOGRAPHIES

- Photographie de Guy de Maupassant par Félix Nadar en 1888. La photo reproduite est réputée libre de droits.
- Reproduction de la page de titre de l'édition de *Pierre et Jean* de 1888 chez Paul Ollendorff. La photo reproduite est réputée libre de droits.

Éditeur responsable : Lemaitre Publishing
Avenue de la Couronne 382 | BE-1050 Bruxelles
info@lemaitre-editions.com

ISBN ebook : 978-2-8062-9468-5
ISBN papier : 978-2-8062-9469-2
Dépôt légal : D/2017/12603/124
Couverture : © Lisiane Detaille.

Conception numérique : Primento,
le partenaire numérique des éditeurs.